I WILL JUDGE YOU BY YOUR BOOKSHELF

책 좀 빌려줄래?

그랜트 스나이더 지음 · 홍한결 옮김

월북

일러두기
모든 주는 옮긴이 주입니다.

책장에서 책을 훔쳐가도 늘 내버려 두셨던
부모님께 이 책을 바칩니다.

내 첫 독자인 케일라, 여러 가지로 고마워. 당신 아니었으면 나는 온종일 시리얼 먹으면서 포토샵으로 색깔만 고민 했을 거야. 두 번째 독자이자 내 두 번째 두뇌 역할을 해주는 개빈, 고마워. 책을 만들어주신 찰리 코크먼과 주디 핸슨에게 감사드립니다. 특이한 편집 방식에도 불편하다 내색하지 않고 잘 디자인해준 팸 노타란토니오에게 감사드립니다. 제가 아이디어를 펼칠 멋진 공간을 마련해주신 《뉴욕 타임스 북 리뷰》의 패멀라 폴, 니컬러스 블레크먼, 맷 도프먼, 로런 크리스천슨, 파룰 세갈, 갤 베커먼을 비롯한 모든 분들께 고맙습니다. 제 만화를 시인 빌리 콜린스와 같은 지면에 게재해주신 《사우샘프턴 리뷰》의 루 앤 워커를 비롯한 모든 분들께 감사드립니다. 제 만화에 일찍부터 기회를 주시고 'onomatopoeia(의성어)'의 철자를 이렇게 저렇게 계속 틀려도 잘 봐주신 《캔자스 시티 스타》의 모든 분들께 고맙습니다. 제 영웅인 만화계 선배님들께 감사드립니다. 제 만화를 자세히 보면 선 하나하나에 그분들에게서 받은 영향이 녹아 있습니다. 터무니없이 많은 책을 매번 불편 없이 대출할 수 있게 도와주시는 위치토 공립도서관, 더비 공립도서관의 모든 사서님들께 감사드립니다.

고백할게.

나는 책에 단단히 빠졌어.

남들 앞에서도 책을 읽어.

무슨 물건이든 책갈피로 써.

허구와 현실을 혼동해.

도서관 연체료 미납자로 수배 중이야.

아이들 책을 훔쳐 읽곤 해.

살짝 신비스러운 리얼리즘이 좋아.

오래된 책 냄새가 좋아.

글 안 써지는 병의 특효약을 찾아 헤매고 있어.

문장부호에 신경을 많이 써.

고전을 읽고 말 거야(언젠가는).

'국민 소설'이 될 작품을 쓰고 있어.

항상 노트를 가지고 다녀.

글을 쓰지 않으면 못 살아.

그래서 말인데...

책 좀 빌려줄래?

나는 책에
단단히 빠졌어.

나는 정말 문제야

난 위험하고 구질구질한 중독에 푹 빠졌어. 무슨 중독이냐고?

아니. | 아니거든. | 맞아.

그래, 책이야. 나를 유혹하는 시설이 사방팔방에 진을 치고 있으니...

공공 도서관 | 대형 서점 | 마당 세일

동네 서점 | 헌책방 | 만화방 | 쓰레기통 | 사회운동 센터

이런 곳을 지날 때면 머릿속에서 절규의 목소리가 들려.

책이 | 아무래도 | 더 필요해!

하지만 요즘 사람이 책 읽을 시간이 어디 있어. 집에 갖다 놓은 책 대부분은 결국 펴보지도 않겠지. 혹시 이런 사람이 되면 모를까...

부랑자 | 할 일 없는 재벌 2세 | 골프 안 치는 은퇴자

신동 | 수감자 | 수도사 | 문학 평론가 | 소설가

난 치료가 시급해. 이러다간 중독으로 생명이 위험할지도 모르니...

책장 정리 중 사고 | 과도한 반전의 연속 | 나방 떼의 습격

팝업 북 폭발 사고 | 라이벌 독서광 | 참다못한 아내 | 도서관 연체료 폭탄 | 끝.

내 책장의 책들

손에서
내려놓을 수 없던 책

펴볼 엄두가 안 난 책

친구가 준 책

(아직 못 읽었어, 미안해!)

해변에 가져갔던 책

읽으려고 무진 애썼던 책

어째서인지
세 권이 있는 책

내 생명을 구해준 책

친구에게 빌려준 책

(좀 돌려줄래?)

매일 밤 읽다가
잠드는 책

내가 모자로 착각한 책

내가 쓰려고 머리를
쥐어짜고 있는 책

내 인생을 바꾼 모든 책

독서가의 변천 단계

5. 책에 크게 한번 뎀

4. 책으로
   인간관계를 대신함

책을
써야 해!

7. 책을 재발견

3. 책과 자신을
   동일시

2. 책에 푹 빠짐

8. 책을 사 모음

9. 다음 세대에
   책을 넘겨줌

책을 알게 됨

6.책을
등짐

독서가에게 축복을

미래가 음산하기를

신화가 사실이기를

동화가 오싹하기를

시가 담백하기를

자기계발서가 유익하기를

영웅이 비극을 맞기를

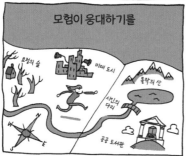

모험이 웅대하기를

현실이 마술 같기를

결정 공포증

타인의 책장

난 절대 책을 표지만 보고 판단하지 않아.

제목을 보고 판단하지.

그러니 날 집에 초대하려거든 조심해.

다과가 나오고...

게임을 즐기고...

노래를 부를 때쯤 되면...

난 슬그머니 자리를 뜰 테니까.

그리고 조용한 방에 들어가...

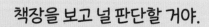

책장을 보고 널 판단할 거야.

책장을 보고 뭘 알 수 있냐고?

멋 부렸지만 얄팍한 사람

고등학교 수준에 머문 사람

정리벽이 있는 사람

진정한 독서가!

구제불능

걱정 마.
그래도 우리 우정은 변함없을 테니까.

아마도 말이지.

그럼 나 같은 사람의
판단을 피하려면
어떻게 해야 할까?

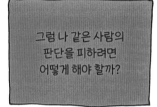

비밀 책장을 설치하거나

뭔가 구실을 만들거나

책장 컨설팅을 받거나

전자책만 보거나

나 같은 사람을 다시
초대하지 않으면 되지.

괜찮아...

난 책 읽느라 바쁠 테니까.

하지만 혹시라도
내가 널 집에 초대한다면

한 가지만 부탁할게.

날 판단하지 말아줘.

13

나는 남들
앞에서도
책을 읽어.

책 읽기 좋은 곳

푹신한 의자	아침 햇살 아래	출퇴근 정체 구간	특이하게 생긴 나무
요가 교실	업무상 점심 식사 자리	바닷가	버스 안
서점 창가	비좁은 다락방	도서관의 후미진 구석	연인의 품속
허접한 그물 침대	편안한 침대	생각에 잠겨 — 나를 잊을 수 있는 곳	

위험한 독서

다독(Heavy Reading)

속독(Speed-Reading)

지나친 독서(Overreading)

독서 능력 향상(Accelerated Reading)

교정(Proofreading)

버려진 책

문 앞에 놓인 녀석을 발견하고 집으로 들여왔다.

녀석은 조용하고 믿음직한 벗이 되어주었다.

한 녀석 더 들이기로 했다.

곧 온갖 종류가 집 안에 넘쳐났다.

녀석들은 늘 관심을 갈구했고

밤잠을 못 자게 했고

산책도 자주 시켜줘야 했으며

집 안을 어지럽히기 일쑤였다.

녀석들과 관련된 일로 일정이 빼곡해졌고

MON	TUE	WED	THU	F
책 나눔	7 저자 사인회	8 글짓기 워크숍	9 도서관 책 반납일	10
중고책 세일	14 헤밍웨이 따라 하기 수업	15 시 낭송 대회	16 밤샘 독서 대회	17

결국 녀석들을 동족 품으로 돌려보내기로 했다.

이웃에도 민폐를 끼쳤다.

우리는 옛 일상을 되찾았다.

그러나 그것도 잠시뿐...

책에 파묻혀

여름을 책에 파묻혀 보낼 거야

이야기에 푹 빠져

얼굴만 빼고 일광욕하면서

언어의 리듬에 귀 기울이고

플롯의 반전을 따라가며

한 장 한 장 치열하게 읽을 거야.

어둠이 내리고

세상이 날 막아도

멈추지 않고 읽을 거야

결말에 이를 때까지.

독서가의 선언

글이 길고 두꺼운 책도 좋고

글이 짧고 얇은 책도 좋고

글이 없는 그림책도 좋고

글이 낯선 미래 책도 좋다.

화창한 낮에도 읽고

비 오는 아침에도 읽고

잠 안 오는 밤에도 읽고

대화하는 중에도 읽는다.

내게 책은 새로운 세상의 관문

새로운 사람을 만날 기회

새로운 지식에 이르는 발판

문 받침대, 문진, 파리채 대용품.

부지런히 새 책을 찾고

갖고 있는 책을 (언젠가는) 읽고

내 책을 남들에게 빌려주고

아직 쓰이지 않은 책들을 꿈꾸리.

나는 무슨
물건이든
책갈피로 써.

책갈피로 쓸 만한 물건들

포스트잇

풍선

영수증

분재

깃털

고양이

다른 책

그냥 외운다

내 몸

내가 쓰려는 시

내가 쓰려는 시는 종이에 적힌 글자가 아니야.

내가 쓰려는 시는 살아 숨 쉬는 생명이야.

그 아이는 보잘것없는 풍경 속에서

놀랍고 색다른 걸 찾아낼 거야.

원한다면 얼마든지 가까이 가서

무슨 의미로든 읽어도 좋아.

겉보기엔 짧고 단순해도

깊이는 가늠하기 힘들 거야.

언젠가 내 시가 네 시와 만나면

더 많은 시를 낳을지도 몰라.

내 시는 사람들 눈에 잘 띄지 않겠지만

몇몇 사람에게는 크게 와닿을 거야.

내 시는 쉼 없이 재잘거리기보다

낱말 사이 여백에 의미를 담을 거야.

내 시는 아직 나를 찾지 못했지만

나는 맞이할 준비가 돼 있어.

시의 이해

(마크 스트랜드의 시에서 아이디어를 얻음)

너무 자세히 들여다보면

망가져요.

흠잡고 나무란다고

좋아지지 않아요.

나쁜 시!

너무 멀리서 다가가면

날아가 버려요.

칼을 들고 해부하면

수습이 곤란할 거예요.

관심 주지 않으면

다른 주인을 찾아갈지 몰라요.

다시 돌아와 마주하면

의미가 더 풍부해질 거예요.

마음속에 기억하면

어디서나 보일 거예요.

시를 이해하려면

시 속으로 뛰어드세요.

못다 읽은 책에 바치는 송가

그래, 너를 처음 집어 들 때
난 너무 허황된 꿈을 꿨어...

카페 창가에서 널 읽는
내 모습이 근사해 보일 것 같았고

선베드에 누워 몇 시간이고
네 세상에 빠져 있을 것 같았고

모임 자리에서 네 얘기를 하면
똑똑해 보일 것 같았어.

하암

하지만 현실은,

너는 탁자에

나는 의자에

눌러앉아 있을 뿐.

딜레마를 이성적으로
풀어보려 하지만

읽는다	읽지 않는다
- 결말을 알 수 있음	- 자유 시간이 늘어남
- 최책감 해소	- 다른 책을 읽을 수 있음!
- 끈기가 길러짐	- 시험 칠 것도 아니고
- 찜찜한 기분을 깨끗이 털 수 있음	- 누구의 만족을 위해?

무의미한 철학적 물음에
빠져들 뿐.

이 책은 반이나
읽은 것인가?

반밖에 읽지
않은 것인가?

나는 이렇게 무엇 하나 마무리 짓지 못할 운명인가?

나는 허구와
현실을 혼동해.

소설 롤러코스터

위대한 소설가의 공통점

어린 시절의 트라우마

곤궁한 직업

자아 발견의 순간

방탕한 시절

병적인 야망

충직한 반려동물

방치된 배우자

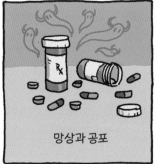

망상과 공포

긴 세월에 걸친 지루한 노작

책 읽기 목표

올해 나는	동시에 여러 권을 읽겠어.	꼭 고전을 읽겠어.	어떠한 난관이 닥칠지라도.
시를 외워서	온 세상에 전파하겠어.	믿을 수 없는 화자를 간파할 거야.	결국은 속아 넘어가겠지만.
남들의 회고를 읽고	울고 웃을 거야.	아이들 책을 새로운 느낌으로 읽어볼 거야.	내 아이와 함께 읽을 수 있을지도.
다양하게 읽되	보편성을 추구할 거야.	내 안의 세상을 훌쩍 벗어날 거야.	한자리에 앉아서.

회고록 쓰기 게임북

내가 태어난 집안은	대대로 부자	벼락부자	가난뱅이
그러던 어느 날	적이 쳐들어옴	가족이 악령에 홀림	엄격한 기숙학교에 들어감
내가 선택한 도피 수단은	마약	서커스단	중독성 소설
내가 이 회고록을 쓰는 이유는	복수하기 위해	악령을 쫓기 위해	다른 할 일이 없어서
몇 군데를 사실과 다르게 적은 이유는	시간의 흐름을 뒤바꾸려고	명예훼손을 피하려고	더 큰 진실을 드러내려고

스토리의 구성 방식
(커트 보니것의 강연에서 아이디어를 얻음)

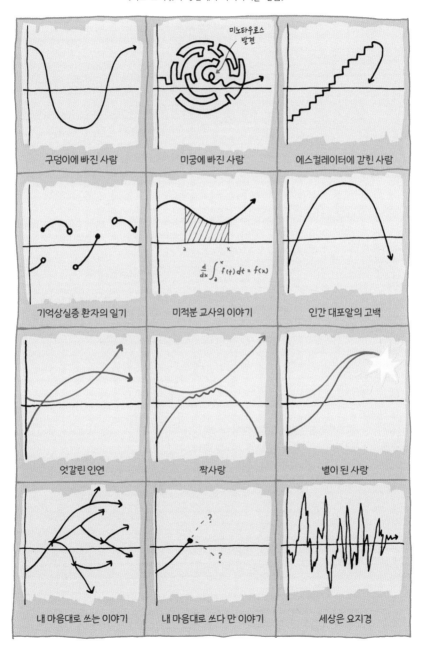

구덩이에 빠진 사람

미궁에 빠진 사람

에스컬레이터에 갇힌 사람

기억상실증 환자의 일기

미적분 교사의 이야기

인간 대포알의 고백

엇갈린 인연

짝사랑

별이 된 사랑

내 마음대로 쓰는 이야기

내 마음대로 쓰다 만 이야기

세상은 요지경

* <Reading Rainbow>. 미국 PBS 방송에서 인기리에 방영되었던 어린이 대상 책 읽기 교양 프로그램.

나는
도서관 연체료
미납자로
수배 중이야.

도서관에
아이들을
방치하지
말아주세요

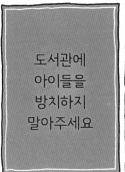
아이들은 서가를 기어오르고

귀한 책을 찢고

날아라!

도서 분류 체계를 교란시키고

710
-
770

770
810

친구들을 초대해서

온종일 노닥거리고

말도 안 되는 요구를 할 테니까요.

시를 발견하기라도
하면 더 큰일이에요.

나는 몸의 전율을
노래하네!

아이들은 질문을 너무 많이 하고

왜?
왜?
왜?
왜?
왜?
왜?
왜?
왜?

나름의 생각과 의견을 품고

지금도 넘치는 게 책인데 말이에요.

반납

상상력을 과하게 펼치다가

커서 아예 자기가 책을 쓸 테지요!

내가 받고 싶은 선물

누구나 읽고 있는 책	아무도 읽지 않는 책	세계에서 제일 큰 화보집	세계에서 제일 작은 시집

어릴 때 잃어버린 책	고등학교 때 읽었어야 할 책	유용한 자기계발서	중세의 금박 필사본

내 첫 오디오북	굉장히 희귀한 책	내가 제일 좋아하는 작가의 박스 세트	내 새 책을 모두 모아 둘 곳

아끼는 책

표지가 누렇게 바랬다.

좋아하는 이모가
적어준 글이 있다.

그랜트야,
이모가 재미있게 본 책이야.
너도 재미있게 봤으면 좋겠다.
1991년 크리스마스에
페기 이모가

여백이 낙서투성이다.

책장이 다 너덜너덜하다.

책등도 갈라지고 해졌다.

오래된 책 냄새가 난다.

35쪽이 사라지고 없다.

달달 외우고 있으니 상관없다.

남은 책장들도 너덜거리지만

내 기억 속에 선명히
연결되어 있다.

마침내 새 책을 샀다.

같은 여정이 한 번 더
반복될 수 있도록.

이 책을 금서로 지정하세요

불필요한 폭력 묘사와

비현실적인 섹스 묘사

행간에 숨긴 사탄 숭배로

아이들을 공포스럽게 하고

청소년들의 반항을 부추기며

대학생들의 학업을 방해할 게 뻔합니다.

그 밖에도 해로운 요소가 곳곳에 도사리고 있으니

비속어
과도한 부사 사용
구두점 오류
괴상한 표지

촌스러운 서체
비현실적 공상
말장난
종이에 베일 위험

학교에서 시위 벌이고

서점에서 연좌 농성하고

도서관에서 깡그리 찾아내

모조리 불태웁시다.

하지만 절대 읽어보면 안 돼요!

재미있어서 빠져들 위험이 있거든요.

나는
아이들 책을
훔쳐 읽곤 해.

너무 재미없는 그림책

날씨는 따분하고

색깔은 칙칙하고

동물들은 말을 못 하고

마술은 통하지 않고

진지한 교훈만 주려고 하고

각운을 너무 억지로 만들려고 하고

별것 아닌 얘기를 너무 길게 하고

결말은 김빠지고.

한마디로 꼭 어른이 쓴 것 같은 책.

여름방학 숙제로 읽는 고전

호밀밭의 파수꾼

파리 대왕

고양이 요람

소리와 분노

길 위에서

화씨 451

위대한 유산

모든 것이 산산이 부서지다

태양은 다시 떠오른다

노인과 바다

죄와 벌

시간의 주름

책 읽어주는 어머니의 초상

(글루야스 윌리엄스의 일러스트에서 아이디어를 얻음)

책이란…

거울 · 창 · 미닫이 유리문 · 징검다리 · 외투 · 버팀목 · 도약대 · 탈출구 · 조용한 구석 · 따뜻한 이불 · 마법의 양탄자 · 새 독자를 이끄는 불빛

(루딘 심스 비숍의 이론에서 아이디어를 얻음)

고전이라는 이름의 대포*

* 대포(Cannon)와 고전(Canon)은 동음이의어다.

누가 대포에 꼭 맞는지 다시 따져봅시다.

대포를 해체하고

새로운 형태를 고민하여

아시아 대포	장르 광선총
무명작가 새총	독서 토론 곤봉

더 강하고 더 먼 곳까지 힘이 미치는 대포를 새로 만듭시다.

그리고 책을 한 권씩 쏘아서

무언가가 절실한 누군가에게

명중시켜 보자고요.

나는
살짝 신비스러운
리얼리즘이 좋아.

문학 속의 갈등

고전	모더니즘	포스트모더니즘
인간 대 자연	인간 대 사회	인간 대 기술
인간 대 인간	인간 대 자기 자신	인간 대 현실
인간 대 신	인간 대 신의 부재	인간 대 작가

무라카미 하루키
빙고

* '파란 콩'이라는 뜻.

원고란…

세 줄기 빛(The Three Rays)

아이디어가 없어.
아무것도 안 써져.
글의 신이시여,
제게 한 줄기 희망의 빛을...

레이먼드 카버?!
레이먼드 챈들러?!
레이 브래드버리?!

세 줄기 빛이여,
어디서 아이디어를 얻어야 합니까?

비 내리는 제재소.

이국적인
나이트클럽.

하늘의
달과 별!

세 줄기 빛이여,
글은 무엇이 가장 중요합니까?

간결함.

촌철살인 대사.

웅대하고
장엄한 발상!

세 줄기 빛이여,
무슨 이야기를 써야 합니까?

남자. 트럭. 강가.

문신 시술소
살인 사건.

슬픔에 울 줄
아는 컴퓨터!

세 줄기 빛이여,
이 은혜를 뭐로 갚아야 할까요?

이번 달 월세.

오래된
스카치위스키.

화성에서
가져온 돌!

끝.

화씨 351*

어느 날 밤 그들이 들이닥쳤다.

책을 모두 태워버릴 셈이었다.

우리는 절망했다.

그런데 웬걸, 책이 뜨듯해져서 읽기가 더 좋았다.

---

* 레이 브래드버리의 SF 소설 ≪화씨 451≫의 패러디. 책이 금지된 미래를 배경으로 한 작품으로, 화씨 451도는 종이의 발화점이다.

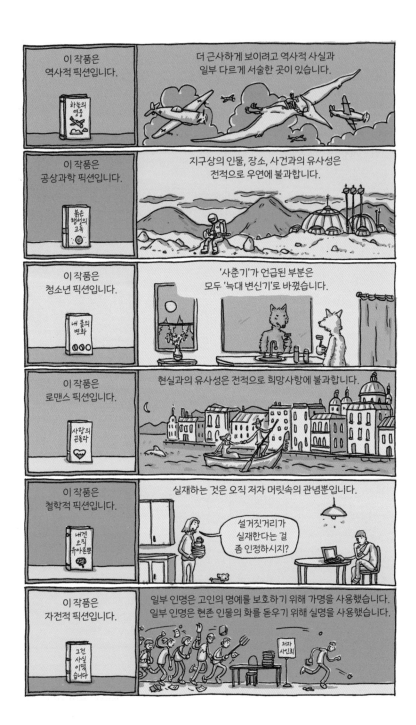

건축물로 보는 다양한 서사구조

살인 추리극 대저택

경세담 다세대주택

소극 요새

비극적 사랑 이야기 관측소

성장담 외팔보

어드벤처 게임북 나무집

난해한 우의극 수도교

희비극 천막

나는 오래된
책 냄새가 좋아.

네가 사라지면 그리울 것들

네가 내는 바스락 소리

네 든든한 존재감

너를 남들과 나누는 것

네 냄새

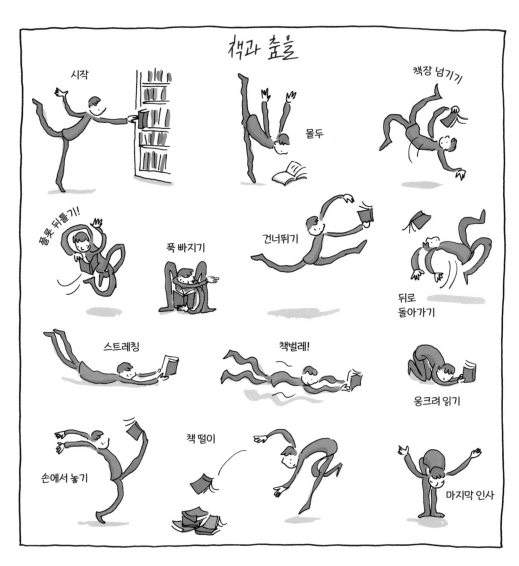

책과 춤을

시작   몰두   책장 넘기기

물구 뒤틀기!   푹 빠지기   건너뛰기   뒤로 돌아가기

스트레칭   책벌레!   웅크려 읽기

손에서 놓기   책 떨이   마지막 인사

(레미 찰립의 일러스트에서 아이디어를 얻음)

강박증 환자를 위한 책장 정리법

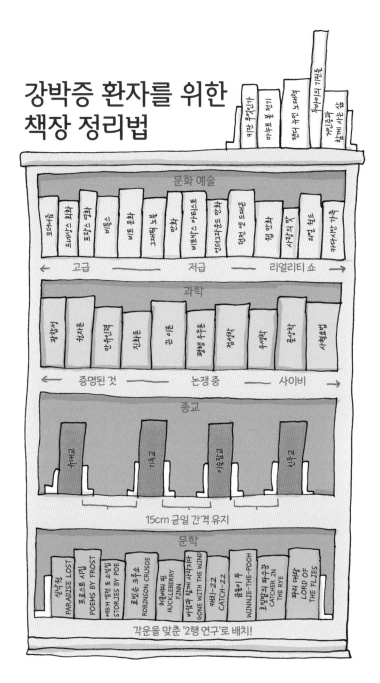

미래의 책

스크린으로 글자를 읽다 보면 불편한 점이 많습니다.

눈이 쉽게 피로해지므로 특수 안경을 써야 합니다.

무빙워크 이동 중 떨어뜨리면 망가지기 쉽습니다.

이제 독서 기기의 혁신을 이야기할 때입니다.

우선 더욱 인터랙티브하게 설계할 필요가 있습니다.

무게는 수록된 정보의 양에 비례하게 합니다.

목재에서 추출한 펄프 재질의 시트에 반짝임 없는 활자로 정보를 표시합니다.

이 신형 독서 기기는 인테리어 기능까지 톡톡히 합니다.

다만 제트팩 이동시에 휴대가 불편한 단점은 있습니다.

다양한 소설

원시 소설

우의 소설

고딕 소설

풍자 소설

이단 소설

미국 국민 소설

실험 소설

러시아 국민 소설

금기 소설

허위 소설

장르 소설

잊혀진 소설

독서를 방해하는 것들

망가진 안경	책 먼지 알레르기	시간 부족	영상물 과다 시청
눌러 앉은 고양이	책갈피 도둑	어두운 조명	수면 부족
독서용 의자 고장	무기력한 권태감	종이 베임 공포증	호기심 부족
책벌레 출몰	도서관 이용 금지	방대한 책의 세계에 압도됨	

도서 박람회
플롯스윙
북드롭
셜리 잭슨** 유령의 집
베스트셀러 범퍼카
에릭 칼* 롤러코스터
낭랑 낭송당
동물 농장
돈키호테 워터라이드
짧은 줄표 레이스
사인 만지기 체험
무니까 조심해!
52쪽! 아닌가, 55쪽?
페이지 맞추는 독심술사
긴 줄표 레이스
싱싱한 로맨스
바삭한 회고록
등골 오싹한 범죄소설
쏙쏙 빼먹는 자기계발서
속독왕 선발대회
작가를 빠뜨려라
매표소
재입장 불가

* 《배고픈 애벌레》를 쓴 그림책 작가.

** 《힐 하우스의 유령》을 쓴 공포소설 작가.

나는
글 안 써지는
병의 특효약을
찾고 있어.

글 쓰는 이들 위한 조언

빈 종이에 잘 깎은 연필로

불꽃이 튀게 써본다.

불이 붙으면 밤새도록 써나간다.

활활 타는 불을 빛 삼아 계속 쓴다.

동틀 무렵 다 타고 재만 남았어도,

포기는 말자.
글쓰기는 힘든 거니까.

말썽쟁이 알파벳

Aᄂ는 자리를 비웠고(Absent)

Bᄂ는 너무 굵어서(Bold) 꼼짝하지(Budge) 않고

Cᄂ는 똘똘 말려(Coiled) 있고

Dᄂ는 계절성 우울증(Depression)에 걸렸고

Eᄂ는 괴상한(Eccentric) 짓만 하고 있어.

Fᄂ는 어느 쪽을 향해야(Face) 하는지 모르고 있고

ㅋREEDOM ! 자유!

Gᄂ는 거창한(Grand) 목표(Goal)만 꿈꾸고 있고

Hᄂ는 막 나가려고 작정했고(Hell-bent)

Jᄂ는 지면에서 뛰쳐나갔고(Jumped)

Kᄂ는 정체성 위기(Crisis)를 겪고 있고

나는 C와 뭐가 다르지?

LMNOP는 자꾸 하나로 뭉뚱그려져(Lumped).

마음 채우기

어른거리는 실패의 그림자

작업할 때도 나타나고

산책할 때도 따라오고

밤잠을 설치게 해.

떨치려 해보고

숨으려 해보지만

어디든 따라와.

몰아내려 해봐도

갑절로 늘어날 뿐.

그래서 이제는
실패를 끌어안으려 해.

칠흑 같은 어둠이 없다면

은은한 불빛을
향해 나아갈 수 있겠어?

시적 정의

압운 형식(rhyme scheme)

전원시(villanelle)

무운시(blank verse)

비트세대 시인(beat poet)

구체시(concrete poem)

경묘시(light verse)

영웅시체 2행연구(heroic couplet)

고백시(confessional poetry)

자유시(free verse)

다양한 문학 장려상

| 두꺼운 책 기념상 | 문법 대장 훈장 | 첫 소설 토닥토닥 스티커 | 미출간 작가 피자 파티 |

| 한때 신동 작가 기념호 | 불필요한 문장부호 기념 리본 | 자칭 천재 작가 장려금 | 러브크래프트* 좀비 소설상 |

| 3부작 대하소설 탈고 기념 마스코트 | 허황된 꿈 기념 풍선 | 진본 증명서 | 참가 기념 트로피 |

*   H. P. 러브크래프트. 괴기소설 장르와 서브컬처에 많은 영향을 끼쳤다.

나는 문장부호에
신경을 많이 써.

교정 기호

∼℮ 삭제	∧ 콧수염 달기
(ital) 글자를 이탤릭체로	[stet] 카우보이 모자도 씌우기
(ital) 배경을 이탈리아로	∼ 말아 올린 콧수염
(rom) 배경을 이탈리아 로마로	⌣ 갈매기 콧수염
(⋯) 말줄임표 넣기	⌣ ⌒ 드라마 강화
⊙ 외눈박이 괴물 넣기	◎◎ 최면 강화
(wf) 잘못된 글꼴	# 공백 넣기
(wtf) 욕 나오는 글꼴	═ 더 빨리 쓸 것
⋰⋯ 개미 출현	너무 지루해서 삼목을 두었음
⌃⌄ 콜론 넣기	
⌃⌄ "맙소사!"	

혼란의 ∼∼ 소용돌이

여름 밤

책을 들고 밖에 나가

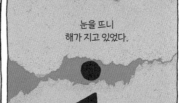

읽기 시작했다.

깜빡 졸았는지

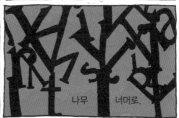

눈을 뜨니
해가 지고 있었다.

집들 위로.

나무   너머로.

하늘을 뒤덮은 잠자리 떼를

새 떼가 뒤쫓아 갔다.

하늘이 점점 어두해지더니

별들이 모습을 드러냈다.

앰퍼샌드의 모험

두 글자가 만나서

사랑에 빠졌고,

앰퍼샌드가 태어났다.

아이는 친구들과 어울리지 못했고

나는 글자인가 단어인가?

10대 시절 반항을 일삼았다.

그 꼴로 나돌아다닐 셈이냐!

숱하게 변신을 시도하다가...

이야호!

결국 경제계에 투신해

수많은 합병에 관여했지만

컨트리
사이먼
로미오
델마
평화, 사랑

웨스턴
가펑클
줄리엣
루이스
이해

변호사 필요하신 분?

VS.

하나같이 오래가지 못했다.

사랑에 빠지기도 했지만

그녀는 높으신 분과 눈이 맞았다.

'불순문자' 무리에 끼어보려 했지만

왠지 겉도는 느낌이었다.

그러던 어느 날 가운뎃점 총탄에
생을 마감할 뻔하고 나서

음지를 떠나   새 삶을
살기로 했다.

그 후 낮에는
부모님이 물려준
가업에 충실하고

밤에는 복부호계의 히어로로 은밀히 활약하고 있다.

나는 고전을
읽고 말 거야
(언젠가는).

셰익스피어 작품의 필수 요소

돼지 라틴어

코기토 에르고 숨
(나는 생각한다. 그러므로 나는 존재한다.)

메멘토 모리
(죽음을 기억하라)

페르소나 논 그라타
(기피 인물)

아르구멘툼 아드 호미넴
(인신공격의 오류)

카르페 디엠
(오늘에 충실하라)

에 플루리부스 우눔
(여럿으로 이루어진 하나)

아드 아스트라 페르 아스페라
(역경을 헤치고 별을 향하여)

데우스 엑스 마키나
(갑자기 등장해 사건을 해결하는 절대적 존재)

돼지 라틴어 속편

엑스 니힐로 (무로부터의 탄생)

테라 피르마 (대지)

테라 인코그니타 (미지의 땅)

알테르 에고 (또 다른 자아)

타불라 라사 (백지 상태의 마음)

아드 나우세암 (지겹도록)

쿠리쿨룸 비타이 (이력서)

악토르 (배우)　　**칸토르** (성악가)　　**오라토르** (웅변가)　　**렉토르** (강연자)

빅토르 (승리자)　　**픽토르** (화가)　　**마그나 쿰 라우데** (우등상)

*　　뇌경질막. 뇌막의 바깥층을 이루는 단단한 막이다.
**　　소장자

갑자기 내리는 비

(랭스턴 휴스의 시에서 아이디어를 얻음)

갑자기 내리는 비.

잡생각을 씻어주는 비.

뒤꿈치에 찰방거리는 비.

패션 감각을 망가뜨리는 비.

비는 과감한 춤사위를 낳고

비는 리드미컬하고 몽환적인 음악을 깔고

비는 시인과 지렁이를 불러내고

비는 만취한 물감으로 세상을 물들인다.

나는 비가 너무 좋다.

독서 유형

편독형	탐독형	연극형	우유부단형
준비과다형	준비소홀형	자책형	야행형
가식형	곡예형	방치형	은둔형

시인의 본업

윌리엄 칼로스 윌리엄스는
소아과 의사

윌리엄 버틀러 예이츠는
심령술사

월리스 스티븐스는
보험회사 중역

찰스 부코스키는
구시렁대는 우편집배원

마야 안젤루는
나이트클럽 가수

허먼 멜빌은
포경선 수습 선원

필립 라킨은
공공 도서관 사서

로버트 프로스트는
농사 망한 농부

T. S. 엘리엇은 은행 직원

잭 케루악은 철도원

파블로 네루다는 외교관

에밀리 디킨슨은
고양이 집사

* 문법 파괴 등 실험적인 시로 유명한 시인.

나는 '국민 소설'이
될 작품을
쓰고 있어.

유레카!

드디어 알았어.

글 안 써지는 병의 특효약은...

글을 쓰는 거야.

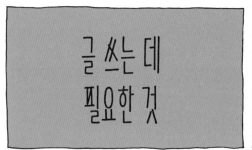

글 쓰는 데
필요한 것

전망 좋은 방

다른 할 일 모두 처리

어린 아이 접근 방지

똑딱 시계

자연광

몸에 잘 맞는 의자

새 종이와 새 펜

반려동물

적절한 달의 위상

배경음악

완벽한 창작 환경

혹은 내면의 의욕

필력 향상 보조제

다양한 글쓰기 방식

능동적 글쓰기

수동적 글쓰기

제약된 글쓰기

화려체 글쓰기

실험적 글쓰기

상징적 글쓰기

힘 있는 글쓰기

강요적 글쓰기

유령 작가 대필

파편화된 글쓰기

고쳐 쓰기

설득하는 글쓰기

작중 인물
구축

전형적 인물

복합적 인물

잘 묘사된 인물

정적 인물

동적 인물

원형적 인물

평면적 인물

동정적 인물

상징적 인물

부차적 인물

주요 인물

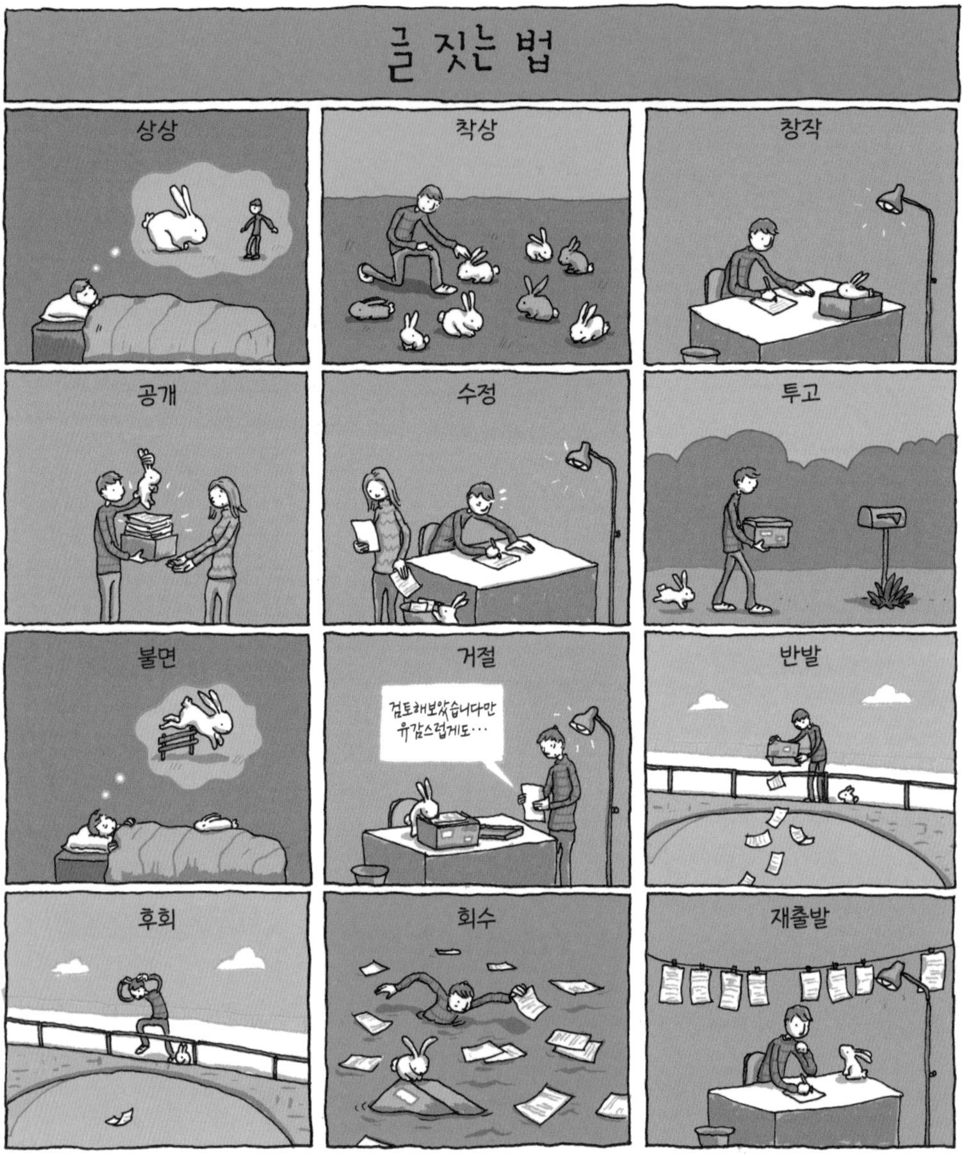
글 짓는 법
상상
착상
창작
공개
수정
투고
불면
거절
검토해보았습니다만
유감스럽게도…
반발
후회
회수
재출발

장애물

좋은 글쓰기 원칙

스트렁크와 화이트의 글쓰기 원칙을 바탕으로 한

불필요한 말은 생략한다.

수동태보다 능동태를 쓴다.

느슨한 연결, 모호한 주장, 일상 회화체를 피한다.

비유는 가끔씩만 쓴다.

100

미사여구를 피하되, 줄임말을 남발하지 않는다.

억지스러운 구문을 피한다.

다듬고 또 다듬어

꼭 필요한 것만 남긴다.

글쓰기 원칙을 넘어서려면
우선 글쓰기 원칙을 통달하라.

나는 항상
노트를
가지고 다녀.

작가의 휴양지

화자의 유형

1인칭 화자

믿을 수 없는 화자

2인칭 화자

한정적 화자

3인칭 화자

전지적 화자

필평

진실 유포자

들새 관찰꾼

언어 요리사

추억 지키미

상상의 친구

허공 속의 외침

대화 염탐꾼

미적거리기 대장

세계의 창조자 겸 파괴자

하루에 한 장씩

하루에 한 장씩

일 년 동안 쓰고

또 일 년 동안 쓰고

계속 쓴다면...

그 결과를 상상해 봐.

작품의 탑이 우뚝 솟아

어마어마한
높이에 이르겠지!

아니면 못 이룬 꿈들만
무수한 휴지 조각처럼 쌓여

그 속에 갇혀 사는 게 다일지도.

시 쓰기는 자전거 타기야

어릴 때는 대단해 보이지만

어른이 하면 유난 떠는 것 같고

혼자 호젓하게 즐기다 보면

시간이 느려져 순간순간이 커 보이고

흥겨운 소리와 풍경에 취해

뭔가 비유를 해보려다가 맥없이 실패하지.

아니, 시 쓰기는
자전거 타기가 아니야.

시 쓰기는
시 쓰면서 자전거 타기야.

매번 새로
배워야 하니까.

만족

남들에게 인정받기 위해
글을 쓰고 있다면...

한번 잘해봐.

세상의 온갖 찬사를
다 받아도...

만족이란
없을 거야.

이게 다야?

그러니 인정을
목표로 삼지 말고

처음처럼 나의 즐거움을 위해
글을 써봐.

줄타기

글줄을 아슬아슬 타고 가자.

그럴듯한 의미가 나타나네.

방향을 잘 잡고 가다가도

예상치 못한 복병에 가로막히고

아름답게 줄을 타보려 해도   뜻대로 되지는 않지만

줄을   넘고   또   넘고   또   넘고

떠다니다가

거센 파도를 헤치며

계속 나아갈 수밖에.

어디로 또 이어질지 모르는 다음 줄을 따라.

완벽

내가 절대 쓰지 못할
완벽한 책

내가 절대 치르지 못할
완벽한 경주

내가 절대 떠올리지 못할
완벽한 아이디어

내가 절대 되지 못할
완벽한 사람

내가 절대 그리지 못할
완벽한 그림

내가 절대 부르지 못할
완벽한 노래

내가 절대 오르지 못할
완벽한 산

내가 절대 굽지 못할
완벽한 케이크

내가 절대 찾지 못할
완벽한 해결책.

완벽이란

세상에 없는 것.

완벽은 머리에서 지우고

뭐든 실행에 옮겨보자.

111

나는 글을
쓰지 않으면
못 살아.

틀린 그림 찾기

작가 지망생

작가

글쓰기 운동

공간을 만든다.

홀로 앉는다.

선배들을 모방한다.

능력을 한껏 펼친다.

목소리를 키운다.

군살을 뺀다.

새로운 기법을 써본다.

나만의 리듬을 찾는다.

어휘 구사력을 키운다.

특이한 형식에 도전한다.

젖 먹던 힘까지 쏟아붓는다.

언어의 세계에 뛰어든다.

글쓰기의 9R

READING (읽기)

WRITING (쓰기)

REGRETTING (후회하기)

REVISING (수정하기)

REVILING (욕하기)

RECONSIDERING (재고하기)

REFLECTION (자성)

REVELATION (계시)

RENOWN (명성)

은둔 작가 되는 법

방 밖에 나가지 않는다.

필명을 만든다.

트위터를 하지 않는다.

자연 속에 은신처를 짓는다.

우스꽝스러운 변장을 한다.

문학상 수상을 거절한다.

미출간 원고를 파묻는다.

신비주의 사인회를 연다.

작가 사진을 모두 없앤다.

자기가 쓴 소설의 세계 속에서 산다.

수많은 독자에게 사랑받을 완벽한 책을 써낸다.

속편 집필을 거부한다.

드높은 이상을 향해

나는 생각한다

나는 생각한다.
고로 나는 존재한다.

나는 생각한다.
고로 나는 너무 많이
생각한다.

나는 생각한다.
고로 나는 후회한다.

나는 생각한다.
고로 언젠가는
생각하지 않을 거다.

나는 생각이 돌고 돈다.

나는 최악의 사태를
생각하곤 한다.

나는 생각을
초월하려고 한다.

나는 생각을
떨칠 수가 없다.

나는 생각한다.
고로 나는 읽는다.

나는 읽는다.
고로 나는 다시
생각한다.

나는 다시 생각한다.
고로 나는 글을 쓴다.

나는 글을 쓴다.
고로 나는 존재한다.

문장의 끝은 구두점.

페이지의 끝은 여백.

챕터의 끝은 손에 땀을 쥐게 하는 장면.

인물의 끝은... 살인 사건?

시리즈의 끝은 아쉬움.

재미없는 책의 끝은 잠.

시의 끝은 정적.

위대한 책의 끝은 경이감.

이야기의 끝은...

또 다른 이야기의 시작.

찾아보기

그래서
말인데…

책 좀
빌려줄래?

영감과 감동을 주는 그랜트 스나이더의 책

지은이 그랜트 스나이더 Grant Snider

낮에는 치과 의사, 밤에는 일러스트레이터. 《뉴욕 타임스》에 만화를 연재하면서 세상에 알려졌다. 그의 만화는 《뉴요커》, 《캔자스 시티 스타》 등에도 소개되었으며, 2013년 카툰 어워드에서 '최고의 미국 만화'에 선정되었다. 새로운 아이디어를 찾아 헤맨 나날을 촘촘히 그려 넣은 책 《생각하기의 기술》로 베스트셀러 작가의 반열에 올랐다. 재치 있는 글과 그림으로 전 세계 아티스트들에게 영감을 준 그가 이번에는 읽고, 쓰고, 그리면서 겪은 이야기를 《책 좀 빌려줄래?》에 녹여냈다. 시적인 문장과 위트 넘치는 그의 그림을 따라가다 보면 책과 보낸 우리의 삶도 함께 환하게 빛나는 것만 같다.

옮긴이 홍한결

한국외대 통번역대학원을 나와 책 번역가로 일하고 있다. 쉽게 읽히고 오래 두고 보고 싶은 책을 만들고 싶어 한다. 옮긴 책으로 《인듀어런스》, 《오래된 우표, 사라진 나라들》, 《인간의 흑역사》, 《당신의 특별한 우울》 등이 있다.

책 좀 빌려줄래?: 멈출 수 없는 책 읽기의 즐거움

펴낸날 초판 1쇄 2020년 7월 10일
　　　　초판 11쇄 2024년 7월 26일

지은이 그랜트 스나이더　**옮긴이** 홍한결

펴낸이 이주애, 홍영완

편집 장종철, 오경은, 양혜영, 백은영, 김송은

마케팅 김태윤, 김소연, 김애리, 박진희　**디자인** 김주연, 박아형

펴낸곳 (주)윌북　**출판등록** 제2006-000017호　**주소** 10881 경기도 파주시 광인사길 217

홈페이지 willbookspub.com　**전화** 031-955-3777　**팩스** 031-955-3778

블로그 blog.naver.com/willbooks　**트위터** @onwillbooks　**인스타그램** @willbooks_pub

ISBN 979-11-5581-284-6 (03800) (CIP제어번호: CIP2020023563)